句集

梨の芯

武田菜美

文學の森

序

聊かは辛酸も知り梨の芯

武田菜美は所謂、技巧派、「巧い」作家である。技巧派と言うと貶めた風に取る人がいるが、それは当たらない。わが師能村登四郎も常々「俳句は兎に角、上手くなくては……」と言っていたことを思い出す。この人の場合、しばしば句会でこれはという句を採って名告りを聞くと「またか」と地雷を踏んでしまった苦笑と共に「仕方ないな」という気分になる。そして申し訳なさそうにイントネーションが変な「菜美」と消え入るような声で名告る。この作者、実に選者の〝琴線〟の在り所、壺を心得ていて、薄々判っていても採らされる。そんな「巧者」は「銀化」に何人もいるが、女性ではブレのない一人である。

二十年（創刊から）という歳月が髪に白いものが混じる年齢に押し上げたが、疲れも見せず、この作者、住んでいる山形から毎月、県境を越えて新潟「とねりこ句会」にやって来る。「銀化」の第一同人でもあり、それが務めと思っているのだろう。句会の〝要〟となり、地元の人達の規範となっている。そんな遠くから何も、と思うのだが、執着と情熱の成せる技、春の半月遅い西置賜の山々の息吹きを眺めながら、バスに揺られてやって来る。帰りは置酒歓談で遅くなるので新潟で一泊して帰る。冬の雪深い時期は「休みます」でいいのに、家に居れない事情でもあるのか（冗談）休むことをしない。山形県の俳人協会の仕事とぶつかって来られないときも、残念そうな声で「スミマセン、抜けられない事情があって……」と丁寧な詫びが入る。詫びなくていい、詫びなくて……菜美さんが来なければ、他の人の句に光が当たるから、とは言わないが、ことあるごとに私の選を独占してしまう。これは〝力量〟の違いだから、何とも仕方がない。

この度の句集上木に当たっても、自分で出版社も決め、「そのうち初校がお手許に届きます」という段階で初めて報告があり、全く当方の手を煩わせることはなかった。報告のときチラと、先師上田五千石時代の句のトーンが違い過ぎということなのか、すっぱり削るということだった。潔いとは思うが、未練はなかったのだろうか。余り前説を弄しても仕方がない、そのスッパリ削ったあとの句群を見せて戴くことにしよう。

毒茸の紅蹴散らせば山雨急

屋根雪の圧しに気鬱の昂りぬ

立石寺

法灯の効かぬ四隅に凍溜る

最初の項は、「銀化」で再スタートを切った頃だと思われるが、山形での身辺詠というか風土詠が若干残っている。作者は昔から、今流行りの〝山ガール〟だったようで、午前中に裏の蔵王へ登って（朝めし前ということらしい）午後から別の会合に出て、と近い山は自分の〝家の庭〟的な扱いでモノを言う。またあの立石寺（山寺）も近いとみえて、春夏秋冬、オールシーズンの顔を熟知していて、芭蕉の足跡も、エトランゼ俳人ではなく、日常の一端として捉えているのが解る。

鶯餅鳴かず飛ばずに五十年
俎板の南瓜声なきレジスタンス
蝿叩き五十路の怯みなくもなし

先ほどの句もそうだが、五千石師の薫陶よろしく、地に足の着いた詠い振りを見ることが出来る。とは言え「鶯餅」の句は、五十歳を過ぎた辺りの、努力の報われない、茫洋とした来し方を〝鳴かず飛ばず〟という成語フレーズに託して詠っている。また南瓜の〝レジスタンス〟も恐らく偽らざる胸中の声に相違ない。とは言え、俳句には見えるような到達点がある訳でなく、こんなに莫大な時間を費やしていいのだろうかと、この私でさえときどき思う。そんな割り切れない気分の自分に出会って、劈頭の「梨の芯」の句が、生まれるともなく生まれた。無論、五十歳も過ぎれば、人生の〝辛酸〟を嘗めていない人など希有である。その〝辛酸〟に引っ掛けての〝梨の芯〟は見事の一言〝巧者〟の意を強くする。辛酸の辛と芯の音が呼応している、などという指摘を俟つまでもなく、目立たぬよう、随所にS音を配しての一句となっている。林檎の芯と違って、梨の芯はことさら酸っぱかったと、遠い記憶が甦る人もおられよう。甘い記憶は忘れるが、酸っぱい思い出は忘れないと言われる所以である。

秋の風鈴黙つてをれば済むものを
打ち直しきかぬ月日の蒲団干す
羽子板の落ちかかる日を打ち返す
黄昏と黄泉のあはひに葱を引く

菜美俳句は単なる対象の切り取りから、機知的な構成、そして言葉の〝綾《あや》〟から抽き出されることに因って生じる〝異空間〟、日常とのズレを愉しむ方向にシフトしたのは割合と早かった。

一句目。秋の風鈴というと誰もが飯田蛇笏の〈くろがねの秋の風鈴鳴りにけり〉を念頭にし、その反作用として〈鐵《くろがね》〉という重き質感から離れようとする。その結果、モノローグ風なモノ言いで決着を付けた。夏よりも台風の到来する頻度の高い秋の方が、風鈴が饒舌になるのではないか？　という考え方もあるが、ここでは〝存在〟として（涼しさを聴覚で演出する役目）の方、季を過ぎた風鈴として喚起を促す言葉《フレーズ》になっている。鳴らなければ、意識の中に入って来ることはなかった（のに、迂闊に鳴ってしまった）と、言い止しの部分から、「ものの哀れ」を感じさせる。自己韜晦未遂の哀れを未練がましく書いているのだ。二句目の〝蒲団干す〟は使い過ぎて嵩のなくなった蒲団の綿を打ち直す〝綿の再生〟という昔よくやった作業を〝月日〟の打ち直しに乗り換えて、歳月の再生は不可とごく当然なことを書く。天邪鬼《あまのじゃく》の立場から言えば、打ち直し利く歳月の方が意外性があったという気もする。三句目。〝羽子突き〟の景から、正月の日没の早さを窺わせる。〝落ちかかる〟と現在進行で「日」と「羽子」の方向性を書き、押し止めるのではなく〝打ち返す〟という荒技に出る。天の運行への挑戦が馬鹿馬鹿しく真面目で可笑しいと言える。この辺が彼女一流のサービス精神である。四句目の捻り方は、熟語の類似からの発想。「黄昏」と「黄泉」の現実と非現実の二文字間にある半現実的な〝空間〟を見出し、そこに「葱」という日本人にとって料理に不可欠な野菜を育て〝引く〟というこれまた日常の

〝動作〟を書く。何処となく永田耕衣の〈夢の世に葱を作りて寂しさよ〉に触発された（であろう）世界観と言えるのは、黄昏、日没の延長線上に我々日本人は黄泉の世界があると信じている風な処があって、〝夢の世〟も〝黄泉〟と同義であると捉えて構わない。両者が近いイメージなのは現実の葱畑でない処に踏み込んで、出来あがっている所為と思われる。武田菜美の思考する言葉世界＝機知的構成はどこか〝やぶにらみ〟風にして初めて見えて来る世界、本人の前向きさから陽性かと思いきや、やや陰性に根差している根の深さを今回発見するに至った。譬えて言うと、日の光に向かい、針の〝針孔《めど》〟に糸を通すような仕事、言うなれば極度に狭い〝針孔〟に象を通す（勿論、言葉の上の話だが）ことの出来る、選ばれた一握りの俳人なのでは、と思う。

魚は氷に水面下にて死期のこと
不慮の死を聚めて蟻の祭かな
盆の月ひとりふたりと虧けにけり
七五三祝躓きおほき門出なり

宝船どこで風待ちしをるやら

ピンホール・カメラ佐保姫を幽閉す

夜釣へと船霊色の灯を掲げ

この句群、どことなくマイナー目線の句が並ぶ。私にとって魅力的な句を選んでいったら、こういう結果になっただけで、意識的なものではない。最初の「魚氷に上る」の季感は言わずもがな、〝春〟到来の喜び。凍湖などで氷が解け始め、魚が飛び出て来る時期がやって来たことを表わす。その喜びに加勢すべきところを、裏腹に死期を迎える〝者〟がいる現実を看破する。あたかも「生」と「死」を一枚の氷が隔てるかのように。「蟻の祭」の句も、やはり「死」と「生」が同居する世界である。四句目の「七五三祝《しめいはひ》」の句。家族にとっては粛粛たるお祝いごとであるのに、水を差すかのように、その子供の行く末の多難さを呟く。全く人が悪い。（悪魔のささやきのように、親御さんには届いてはいないが）そしてもう一句。箱に針穴をひとつ開けただけで、レンズを使わない針穴写真機《ピンホールカメラ》の句。その中に佐保姫を幽閉する、というアイデア。針穴を通った春の使いの佐保姫が印画紙に画像として定着する、と書けば何てことなかったのに、幽閉す、で奇想に一転した。閉じ込めることから、春の到来を阻止しているかのように感じさせる。良い方に考えれば、箱の中に閉じ込めておくことで永遠の「春」を温存しようという目論見なのか。そしてこの項で一番気になったのが、目新しい「船霊色」という言葉。辞書を引いても出て来ない処からしても〝造語〟かと思われる。船霊は漁船の守護神ということだから、推測だが、特定の色というより夜釣に使う夜振火＝松明やカンテラなどの〝火の色〟を考えれば良いかと思う。手付かずの真闇の中で放つ火色を「船霊色」と言ったことで、より神聖な世界が出現したようだ。兎に角、全方向、柔軟な対象へのアプローチが展開される。

ご指定はデコルテとあり紫木蓮
ぐづぐづの一句を孵す紙懐炉
蜂に縞我に横しま心かな
手毬つく廊下の淋しがらぬやう

風上に蛇のぬけがら喪服干す

常々この作者、武田菜美の屈託のなさ、時には「ガハハ」と笑ってしまうような作がある。そんなユーモラスな把握は、一体どこから齎されるものなのか、興味があった。こんな時代になっても東北人が並べて閉鎖的な性格などと書いたら時代錯誤と嘲われそうだが、そういう傾向が残っている中にあって、この人の句のエンターテイメント性、サービス精神は、一人際立っているのでは、と思う。一人突出した処で俳句を作っている為、身のまわりに思うほど句の理解者がいないのではないか。この〝気散じ〟のようなサービス精神は逆に、理解者の少ない、押し込められたことに因る鬱屈を撥ね返す原動力になっているのではと思う。山形県人の気質は隣の私ども新潟県人気質にも似た処（否、違うか？）があり、遠い旅程も何のその、近くに理解者がおらず、それなら新潟までと、自己の作品の確認に来ている。自己を曝け出しても空振りすることはない、ということなのだと最近分かって来た。とは言え、この人のユーモラスな視点はアプリオリ（生来のもの）と言って良い。それは学習能力と「おかしみ」に対する勘所がブレていないこと、それは後半に行くほどにその妙味は軽やかに冴え渡って来る。

もうこの辺まで書けば、あとは一刻も早く読者に本文をお渡しした方が良いのだが、もう少しおつきあいいただこうかと思う。

彼女のサービス精神は、類稀なる〝着想〟〝着眼点〟に支えられている。一句目の「紫木蓮」の句。風景の中の紫木蓮を大抵の人は描く。その次は内外の色の違い、若しくは天へ向かって開く〝盃〟状の形。この辺までは「プレバト」夏井いつきの言う〝凡人ライン〟。例えば内外の色の違いを選択したとする。女性なら〝リバーシブル〟(両面仕立て)という語を思い付く。しかしその辺も既に敏い人の〝手垢〟が付いている、と判断したのだろう。そこから更にズラしを掛け、〝ご指定〟の語から晩餐会(くらいしかそんなドレス・コードなどない)へと持ってゆく手際。ま、一般庶民には余り関係なさそうなオケージョンだが。デコルテ(正式にはローブ・デコルテ)は宮中晩餐会などで、襟ぐりの深い、殆ど肩、背中丸出しの――といえばお解りになるかと思う。夜会服のことだから、シックな紫色を考えたとも取れる。それにしても紫木蓮が初めにあり、リバーシブル↓デコルテ↓そして紫木蓮への返しが素早い。この作者ご指定とあらば和服でも、デコルテでも、エイ、ヤァーッとやって抜けそうな、郷に入れば郷に従うタイプなので有り得る。それもサービス精神旺盛の成せる技である。かと思えば、この人にも逡巡する場面を見たり、の「ぐづぐづ」の一句。自己の苦吟の様子を包み隠さず曝け出したものか。推敲の甲斐なく、どうも纏まらない句というのがあるもので。(そんな時は放っておくのが一番なのだが)型崩れしてしまった句を温めるのに懐の〝紙懐炉〟に委ねる。そのチャッカリ精神も初心の者にとっては、気休めながら何かの助言になる。次いでの「蜂」の句。蜂の縞、縦縞の蜂などいないから横縞に相乗りして自分は邪(よこしま)な心と自白する。自己を貶めること「自虐」に因って笑いは発生する。そのことを承知しての、サービス精神も忘れていない。武田菜美の作品は総じてこの気働き(昔のいい嫁の必須条件?)に因って支えられているのだ。そんな気働きが幼少のころに立ち返り、淋しがらせないようにと、廊下で毬を突く。戦後の女の子は遊びといえば、ゴム毬をよく突いた。ウチの姉などは布で袋を縫って貰い、学校に持って通っていた。

当時では極、フツーの景が、今は全く見掛けない。この句の発生環境を良く知っているだけに心情が解る。

ジャマ・エル・フナ広場

春陰に死を手懐けて蛇遣ひ
カーネーション心の襞の読みがたし
脚六本蟻の多忙を支ふなり
冬瓜のごろりと雲を見送りぬ
擬木はや木になりすます苔の花
風車風を飽食して止まる

簡潔を美徳と考えていた〝序文〟がくだくだしくなってしまった。しかしこれだけは蛇足の蛇足ながら最後に書いておきたい、句の背景がある。ジャマ・エル・フナ広場という前書のある句。平成二十六年春「銀化」の連中とモロッコへ。そのとき、この作者も同行して、この句を得た。古都フェズから入り、マラケシュに至るというルート。マラケシュの「死の広場」（処刑場だった歴史から）という意であるジャマ・エル・

フナ広場は世界中から大道芸人の人達が集まることで知られる。夕方、広場で自由散策ということになり、集合場所だけ決め、バラバラに歩く。薄暗くなって、雰囲気も最高潮。賑やかな物売りの姿などカメラに収め、集合場所へ。既に何人か、固まっている連中を見つけて、近寄る。地べたに座している人を迂回すると遠まわりになるので、と、人と荷の間を通り抜けようと、何か〝かたまり〟のようなものを跨いだ。薄暗いことも手伝って、よく見えていなかったのだが、〝かたまり〟を踏みそうになり、慌てて股を大開きに渡った。そのとき、私の姿を見ていた連中が一斉にわめいて顔を歪めているのが見えた。〝かたまり〟というのが実は毒蛇コブラの〝塊〟だったと知って……今思っても背筋が冷たくなる。逐一見ていた連中は、私以上の〝衝撃〟が走ったようだ。踏んでいたら、ガブリ（コブラだって人間が恐い）、血清はあるか……数時間後には一巻の終わり……日本からのドジな俳人一人「蛇を踏む」死亡……ということになっていたかも知れなかったのだ。この作者〝死を手懐けて〟などとうっとり美文調に仕上げているが、事実を捻じ伏せ手懐けてしまった感がある。踏んでいたらどんな句になっただろうか。それよりこの序文が書けないことになっていた。事実は〝俳句〟より奇なり、である。最後になったが、この句集『梨の芯』はどこから読んでも表現力に富んだ、言葉の仕掛を愉しめる作品に出会える。こんな力量のある人が、重い腰をやっとあげての第一句集、世は捨てておかないと思う。そして最近の秀吟、

辞林より一語伐り出す初仕事　菜美

ぼやぼやしているとこんな人には追い越されてしまう。今更の恐怖を感じている。

二〇一七年九月
いまいましい敬老（予備軍）の日に

中原道夫

句集　梨の芯／目次

装丁　三宅政吉

句集　梨の芯

辛酸

平成十年〜十四年

自堕落を許す西日の四畳半

毒茸の紅蹴散らせば山雨急

舌頭に詩語のざらつく秋旱

木犀のかをり袂に盗み取る

手始めに胸襟を閉ぢ冬仕度

世を辞すにカーテンコールなく寒し

雪来ると竹百幹の胴震ひ

屋根雪の圧しに気鬱の昂りぬ

九拝に春を迎ふや出羽も奥

みちのくの春の助走や軒雫

婚の荷の油単はためき初蝶来

まなぶたのひがな重たき桃の花

啄木忌身過ぎに心売りもして
睡蓮の巻葉枕に風眠る

初冠雪以後騒がるることもなし

狐火や嫁御は角も尾も隠し

牡蠣割りて秘匿の月日吐かせたる

股引を食み出したがる馬脚かな

御鏡や夫婦いよいよ相似形
目貼せりいささか合はぬ口裏に

立石寺

法灯の効かぬ四隅に凍溜る

鷹鳩と化し公認の甘え癖

鶯餅鳴かず飛ばずに五十年

噴水や地に墜ちやすき志

美しき徒労や虹の橋普請

何もかも承知してゐる古簾

俎板の南瓜声なきレジスタンス

枕絵は鬼灯ともし見る習ひ

配所へと月を詠ひに行くところ

風狂のそも満月にふれしより

常世より返信のあり蕗の薹

側室の墓なり雪解競ひをり

斑野や粿飯の粿増やされて
春ショール虚飾の重さありにけり

野垂れ死ぬならたんぽぽの黄に塗れ

木下闇魚族の如く入り浸る

復員の後杳として雁渡し

木枯や立て付け悪しき人の口

日の寵を一身に受け掛大根

埋草を身過ぎ世過ぎに冬の虹

湯たんぽや冷むるを恋の常と知り
そそくさと日の帰りゆく障子かな

牡蠣鍋や利休鼠に海暮れて
馥郁と湯殿の灯る冬至かな

年の尾を踏むや慚愧の音の立つ

冥帳の嵩高々と山眠る

愚かさを母情と言はむ蝌蚪の紐

アルバムを閉ぢて開いて蝶の昼

口の端の滑りやすしよ蟻地獄

蝿叩き五十路の怯みなくもなし

起き抜けの顔を晒しぬ茗荷の子

香水の波紋ひろごる中有かな

退嬰の背を押されたる心太

焦げ飯に醤油一滴夏の雲

真菰刈り風の領分広げやる

恩讐を展べては畳む盆提灯

へつつひの呆と口開く昼の虫

聊かは辛酸も知り梨の芯

冬かもめ流刑の道のわたなかへ

梟を付けて交渉成立す

曖昧

平成十五年〜十九年

草の芽や事後承諾のあれやこれ

てふてふを零す暦の三枚目

蝮草闇取引に手を染むる

コインランドリー汗と挫折を放り込む

閑談に口出したがる釣忍

陶枕に寝言溜りといふがあり

ポンポンダリアおさがりに拗ねてをり

引越しの忘れて行きし西日かな

除草機に旧弊の根の絡み付く
秋の風鈴黙つてをれば済むものを

死にもせず四五枚がとこ障子貼る

冬の鵙村八分てふ殺め方

羽子板の落ちかかる日を打ち返す

打ち直しきかぬ月日の蒲団干す

十枚に百のさきはひ花筵

石鹼のかをりに着替へ竹牀几

水茎のまだ乾かざる夏霞

近況を四角四面に水羊羹

曖昧にひと日を閉づる蚊帳の裾

妹を持て余したる捕虫網

転び寝に九月の畳よそよそし

秋の蚊帳懈怠の日数畳みけり

鬼灯をともす此の世の手暗がり

木枯や此の世渡るに前のめり

枇杷の花ぼんのくぼより黄昏るる

風呂敷に暮色を包む年の市

山茶花や心の垣を低く住み

黄昏と黄泉のあはひに葱を引く

初蝶に空の轍の浅からず

雲化して羊となりぬ春の草

朝刊を配る木の芽を起こしつつ

身のうちの鬱の水位や朝曇

母情とやぶだうの粒の過密なる

奈良

食《じき》堂《だう》の跡に小鳥のこゑこぼす

暮色もて満たされてゆく刈田かな

ジェット機の神の旅路を横切りぬ

水茎に雄心の顕つ龍の玉

就中猫語に通じ膝毛布

諦観といふを力に雪籠

繭玉やひとり笑へば皆笑ひ

跳炭や出奔の意の無くもなし

梅東風に吹き寄せられて鳩の数

彼岸餅鬼号となれば角の取れ

畳紙に花の余酔を包みけり

晩節を四則演算しておぼろ

乾きては古色をまとふ甘茶仏

張板に夾竹桃の影乾ぶ
過ちの痕を脱ぎ捨つ蛇の衣

巷談に枝葉の育つ竹牀几

現し世の縁の脆さよ蟻地獄

盆過ぎの虚ろをこぼす砂時計

片方は黄泉をまさぐる虫のひげ

海鼠桶食へない貌に覗かる

纏足の靴に冬日のうずくまる

白毫に啓龕の灯の吸はれゆく
お返事は蛤つゆほどに濁しおく

蛇苺語尾に微量の毒を盛る

摺り足に父の世の過ぐ夏袴

暮れ方の音こまごまと胡瓜もみ

人生の流速に振る鮎の竿

肩揚げを解いてやりぬ竹の春

慎みと水蜜桃をしたたらす

白桃の奸知に触れし腐《いた》みなる
点々と美辞の染み付く金屏風

侘助や筆硯に日の過ぎやすく

忍従の味を育む茎の石

数へ日の私を殖やす三面鏡

船霊色

平成二十年〜二十二年

旧臘の残滓吸取紙を欲る
人生の裏側で継ぐ詩と炭と

等圧線混み合うてをり蜜柑剝く

魚は氷に水面下にて死期のこと

老来へ確たる一歩物芽萌ゆ

春の炉に身を寄せ合うて流謫めく

失恋の数が勲章夏蜜柑

光陰の早瀬を知らず五月鯉

同人誌十字に絡げ麦の秋

空っぽの詩嚢携へ泉へと

不慮の死を聚めて蟻の祭かな

昼からの予定を崩すかき氷

曠日のひつついてゐる蠅取紙

盆の月ひとりふたりと虧けにけり

もういくつ寝ると妣来る草の市

茄子の馬有漏路で足を棒にせり

くさびらの自己類想に朽ちそむる

秋燕の軒端を風に明け渡す

現し身を脱げと花野の乱れ籠

七五三《しめ》祝《いはひ》蹟きおほき門出なり

一日の風の嵩焚く落葉かな

冬桜数へて花眼適齢期

茎石の仏頂面を相伝す

門松の竹の切口星宿る

宝船どこで風待ちしをるやら

詩語と死語冬の日向に睦み合ふ

母の世の波瀾を延ぶる雛屛風

数学の闇を引き摺り卒業す

もう一度朝刊を読む春の暮

ピンホール・カメラ佐保姫を幽閉す

光陰の急湍へ落つ椿かな

寧日の隅に羽蟻を掃き寄する

短夜をずいと伸びたる竹の節

雨脚の斜めに父の日でありぬ

保津川の涼をさばきて棹しづか

ほそぼそと昼の蚊遣を尼が寺

揚羽蝶記念写真にひとり欠く

草画より一筆の風夏座敷

週末の雨で始まる籐寝椅子

手枕を右に左に秋暑し

盆過ぎの畳の数をつくづくと
稲滓火の淋しからむと星出づる

標本の椎骨の数昼ちちろ

真直ぐとは言へぬ未来へ千歳飴

一郁に斯くも墓ある冬野かな

とろとろと齢やしなふ炭の尉

雪を踏む此の世出てゆく父のため
その件は百歩譲りて日脚伸ぶ

寒三日月五感刃毀れしてしまふ

再興の時を密かに火消壺

妹のセルリのやうな口を利く
うららかやサバンナ色の象の糞

立て膝はペディキュアのため猫の恋

山桜また山桜水を飲む

蜜豆やさがなき口を持ち寄りて
冷奴崩し定型詩を論ず

蛸壺に夏の残夢の溜りをり

夜釣へと船霊色の灯を掲げ

とりあへず蛇口をひねり夏未明

絹扇租界仕込みの科なりき

さういへば猫背金魚を太らせて
踊る手の月のはだへに触れたがる

銀舎利を死語に加へつ敗戦忌

萩の花こぼして風の多情かな

鶏頭を小突く詩系の末席で
百態の風のキャンバス芒原

アンダンテ・カンタービレ風花も死も
狐火の辺りへはなし巻き戻す

檣林

平成二十三年〜二十五年

目ん玉の奥じゆぶじゆぶと涅槃雪

亀の鳴くあたりへ眼鏡掛け替へて

妹に妹が出来しゃぼん玉

ご指定はデコルテとあり紫木蓮

言霊の羽化やはらかし春の蟬

檣林に日の揺蕩うて夕薄暑

水無月の画布雨音を加筆せり

雨脚と夏草の丈刈り揃ふ

桃の実の傷むに不眠不休なり

一行の旅信が最後いわし雲

吹くからに日暮いざなふひよんの笛

末成りの句のいとほしく蔓たぐり

この年は遠忌をふたつ山眠る

着膨れて娑婆の出口に閊へをり

コロラトゥーラ・ソプラノ南天の実をこぼし

雁木から雁木へ日脚促々と

裏門を鎖す梟の同意得て
手毬つく廊下の淋しがらぬやう

極楽へ最短距離で干蒲団

うぐひすを待つ画用紙を谷折りに

逃水の追ひ越しざまに老いにけり

鳥ぐもり悼み心を陰干しに

三界の仮寓ばかりで明易し

ひもすがら雨の私語聞く釣忍

バナナ熟れ緩慢な死のおそろしき

滝壺を目指して水の下剋上

舟杭は無聊をかこち行々子

かはほりや空にひと日の濁りあり

かそけくも川の産声滴れり

旧懐の扉を叩く水鶏かな

風上に蛇のぬけがら喪服干す

穂芒のすずめ色時招きをり

終点を見せ消ちにして霧襖

秋懐を吹き飛ばすべく胡椒ふる

此の世より身を乗り出して鉛紅葉

ぐづぐづの一句を孵す紙懐炉

薪の香を堆く積む雪螢

忘恩の数炙り出すみかん汁

一辺は考に取り置く炬燵かな

六腑とも長きつきあひ七日粥

断層の真上に棲みて胼薬

水餅の熟寝の水をなみなみと

きれいごと言ふ薬喰せし口で
料峭や一語の棘の抜きがたく

後添ひの噂ちらほら春動く

焼さざえ惣《つつ》暗《くら》の過去引き出さる

雛市の裏がうがうと最上川

蜂に縞我に横しま心かな

旧姓を捨てし日の味桜漬

考妣を訪へば未完の虹の橋

青春と蜥蜴のしっぽ自切せり

涼しさや写経の墨をかをらせて

風説に網戸目詰りしてをりぬ

蛇皮を脱ぎあらたなる遍歴へ

ごきぶりの二十五時へと疾走す

染付の渦の水音夏料理

百合の香に思考回路の窒息す

甚平の胸元本音漏れやすし

いしぶみ《壺の碑》の沈黙もまた秋の声

八月や生者に余る椅子の数

鵙の贄なまなかな死を痛がりぬ

敵七人向かうに回し栗の毬

はらからのいつしか欠けて零余子蔓

しぐれ忌のまだ濡れてゐる忘れ傘

内証を熟知してをり隙間風

戒名を借着のやうに冬の菊

山籟をもてなしてゐる榾火かな

父の忌を湯ざめ心地に旅枕

どの辺で端折るつもりか除夜の鐘

腐刻画

平成二十六年〜二十八年

モロッコ　三句　メルズーガ砂丘

風紋の一会の翳に春惜しむ

ジャマ・エル・フナ広場

春陰に死を手懐けて蛇遣ひ

黒オリーブの石鹸

サボン・ノワール春怨の消しがたし

龍天に転居の報せ舞ひ込みぬ

明日屠る牛に桜を見せてやる

無為といふ大事あるなり蠅取器

千枚田上意下達の水を引き

カーネーション心の襞の読みがたし

滝の上に臆病風の吹き溜る

覆蔵とよぶには淡く鮎の腸

脚六本蟻の多忙を支ふなり

をちこちにこゑのさざなみ菖蒲園

逃げ腰のをのこを誘ふ夏柳

星々の私語に応へて月鈴子

吉報をあまねく告げよ石叩

草市に影のはかなきものばかり

文脈の迷宮に入る萩の風

なけなしの詩語を紡ぎて秋惜しむ

雪吊の縄の匂を八方へ

ボローニャ　二句　サン・ペトロニオ聖堂

異教徒に鉄壁をなす寒気かな

アルキジンナージオ宮殿　解剖学教室

悴むや歴史の暗にメスを入れ
行く年の端の挟まる自動ドア

人品の追熟を期し日向ぼこ

重ね着の芯に茫々たる荒野

辞林より一語伐り出す初仕事

涅槃仏いつ寝返りを打たうかと

たとふれば利休の俠気椿落つ

耕して天地の際を更《あらた》むる

そちらでも酌んでゐますか金盞花

靴先はいつも前向き青き踏む

擬木はや木になりすます苔の花

電子化に手も足も出ずあつぱつぱ

夾竹桃グラウンド・ゼロの空過熱
汗の飯何を言うても言訳に

浦波は夕日に酔うて洗鯛

霊長類ヒト科を称し水中り

終焉に背中を向けて秋の蟬

涸井戸は闇を湛へて昼の虫

冬瓜のごろりと雲を見送りぬ

一草も容さぬ巌冷まじや

日だまりの猫を退かせて冬仕度

翳さへも捨てねば飛べず冬の蝶

さびしらに人参色の灯をともす

かなしびを眠りにつかす火消壺

去年今年手枕の手をとりかへて
二度寝して座礁させたる宝船

啓蟄や茶碗蒸しより具のひよいと

鷹鳩と化し前言のうやむやに

風車風を飽食して止まる

阿弖流為の悲憤を言へば椿落つ

蛇出でて人の昏さに舌を出す

補陀落のとほしとほしと花筏

腐刻画に死の累々と余花の雨

五月憂しストッキングに脚を詰め

雨脚に飛びつく稽古枝かはづ

来し方を脱げば荷嵩となる薄暑

仰けから尻に敷かれてハンカチーフ

贋作のにほひ幽かに土用干

三尺寝二世《にせ》の隙間に身を入れて
狂はねば世を辞しがたく火取虫

遥かへと有明月を曳行す

月並の祝詞にからぶ菊膾

余所者にまづ挨拶を威銃

鶏頭の前づかづかと鶏の脚

句集　梨の芯　畢

あとがき

俳句に出会ってはやくも四半世紀となることに驚き、これまで詠みっぱなしにしてきた句を整理することを思いたちました。

旧作を振り返る作業は自分の未熟さと真向ういささか気の重い時間でしたが、慌しさに紛れて忘れていた二十五年が、一句一句から鮮やかに思い出されて、凡々と過ごした日々が、実は非凡なる一瞬の集成であったことに気づかせていただきました。

さてこの間、故上田五千石主宰からは、かけがえのない一刻一刻と真摯に向き合うことを、中原道夫主宰からは、一句一句を新しい切口で詠むことを教えていただき、今日まで〝アンダンテ・アンダンテ〟とつぶやきながらゆっくりと一語一語を嚙みしめ俳句を楽しんでまいりました。

これからも二人の師との出会いと、宝物のような句友との巡り合いを大切にアンダンテ・カンタービレを座右に俳句と向きあってゆこうと心を新たにしております。

くわえまして、私ののんびりに快くおつきあいくださいました「文學の森」の皆様に心より感謝申しあげます。

平成二十九年十月

またひとつ新しい歳を得て

武田菜美

著者略歴

武田菜美（たけだ・なみ）本名　道子

昭和25年　山形県上山市に生れる
昭和48年　東北学院大学文学部英文学科卒業
平成４年　「畦」入会、上田五千石に師事
平成６年　「畦」同人
平成８年　「畦」新人賞
同　　年　「畦」第18回青嵐賞第一位
平成９年　「畦」主宰の逝去により終刊
平成10年　「銀化」入会、中原道夫に師事
平成13年　「銀化」同人
平成15年　「銀化」銀翼賞
平成19年　「銀化」準銀翼賞
平成25年　第52回全国俳句大会大会賞

現在　俳人協会会員　ＮＨＫ学園俳句講師

現住所　〒990-0057　山形県山形市宮町4-10-28

句集　梨《なし》の芯《しん》

平成俳人叢書
発　行　平成三十年二月二十三日
著　者　武田菜美
発行者　姜　琪　東
発行所　株式会社　文學の森
〒一六九-〇〇七五
東京都新宿区高田馬場二-一-二　田島ビル八階
tel 03-5292-9188　fax 03-5292-9199
e-mail mori@bungak.com
ホームページ http://www.bungak.com
印刷・製本　竹田　登

ISBN978-4-86438-632-6　C0092